ück, dann du

Erst ich ein Stück, dann du

Bettina Obrecht

Winnie und die Wunschfee

Winnie und die Wunschfee

Bettina Obrecht

Mit Bildern von Claudia Heine

cbj

Bei diesem Buch wurden die durch das verwendete Material und die Produktion entstandenen CO_2-Emissionen ausgeglichen, indem der cbj-Verlag ein Projekt zur Aufforstung in Brasilien unterstützt. Weitere Informationen zu dem Projekt unter: www.ClimatePartner.com/14044-1912-1001

Penguin Random House Verlagsgruppe FSC® N001967

2. Auflage

Umschlagbild und Innenillustrationen: Claudia Heine
Illustration Serienlogo: Ute Krause
Erst-ich-ein-Stück-Konzept: Patricia Schröder
hf · Herstellung: UK
Reproduktion: Lorenz & Zeller, Inning a. A.
Druck: Alföldi Druckerei AG, Debrecen
ISBN 978-3-570-17458-6
Printed in Hungary

www.cbj-verlag.de
Dieses Buch ist auch als E-Book erhältlich.

Inhalt

Mein
Pony
Hund
2 Katzen

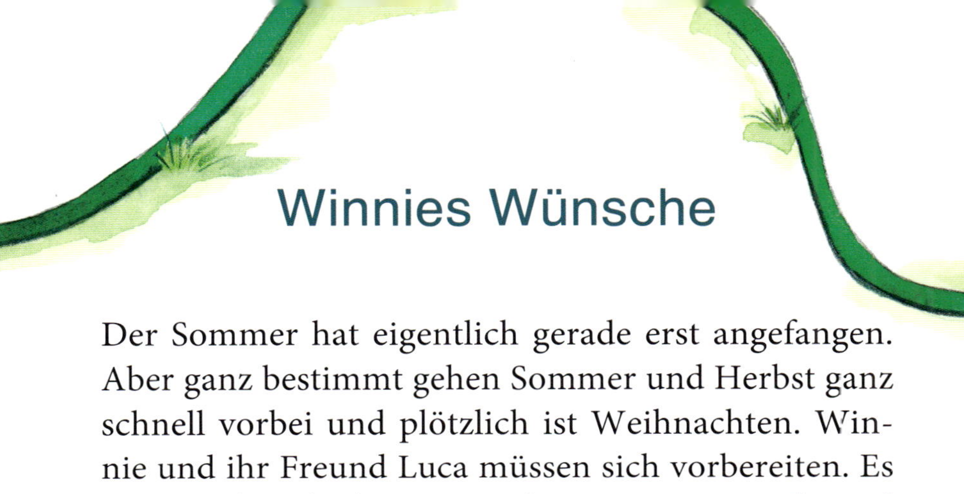

Winnies Wünsche

Der Sommer hat eigentlich gerade erst angefangen. Aber ganz bestimmt gehen Sommer und Herbst ganz schnell vorbei und plötzlich ist Weihnachten. Winnie und ihr Freund Luca müssen sich vorbereiten. Es kann nicht schaden, jetzt schon einen Wunschzettel zu schreiben.
Winnie und Luca haben eine Decke ins Gras gelegt. Winnie hat Papier und Stifte aus ihrem Schulranzen geholt. Luca denkt angestrengt nach, aber Winnie fängt sofort an zu schreiben.

„Mein Wunschzettel ist schon voll“,
sagt sie nach wenigen Minuten.
„Zeig her“, verlangt Luca.
Er legt seinen Stift weg.
„Nein“, sagt Winnie, aber dann
reicht sie ihm das Blatt doch.

Luca liest vor: „Pony, Hund, zwei Katzen. Spielkonsole, Computer, Handy. Bücher, CDs, DVDs, eine Schreibtischlampe, ein neues Bett, ein neues Fahrrad, ein Fahrradhelm, Trampolin."
Er gibt Winnie den Zettel zurück.
„Das ist zu viel für ein einziges Weihnachten", sagt er. „Das klappt bestimmt nicht."
Winnie zuckt mit den Schultern.
„Es ist ja nicht nur ein Zettel für Weihnachtswünsche", erklärt sie. „Es gibt auch Osterwünsche, Pfingstwünsche, Sommer-, Herbst- und Winterwünsche. Es gibt sogar Sonntagswünsche und Mittwochswünsche."
„Du hast bestimmt für jeden Tag einen Wunsch", stellt Luca fest.
„Mindestens einen", bestätigt Winnie. „Fast immer ist alles so, wie es nicht sein soll. Manchmal ist es zwar so, wie es sein soll, aber man kann es sich trotzdem noch besser wünschen."
Winnie hat wirklich immer einen Wunsch übrig. Das fängt jeden Morgen mit dem Aufwachen an.

Wenn Mama sie weckt,
wünscht sich Winnie,
dass Papa noch da ist
und mit ihr frühstückt.
Papa hat um diese Zeit
nämlich bessere Laune
als Mama und erlaubt Winnie,
morgens schon Eistee zu trinken.

Wenn Winnie sich auf den Weg in die Schule macht, wünscht sie, dass sie Herrn Ritter mit seinem weißen Pudel Kuno begegnet. Kuno wedelt heftig mit dem Stummelschwanz, wenn er Winnie sieht. Manchmal springt er sogar an ihr hoch. An solchen Tagen ist Winnie besonders gut gelaunt, wenn sie in der Schule ankommt.

Wenn dann erst mal der Unterricht anfängt, hat Winnie besonders viele Wünsche: In der Pause sollen Luca und Merit mit ihr spielen. Das Pausenbrot soll mit Ananaskäse geschmiert sein. In Sport sollen sie Volleyball spielen. Nach der Schule sollen Mama oder Papa Winnie abholen. Und am schönsten wäre es natürlich, wenn beide gemeinsam Winnie abholen und sofort mit ihr in die nächste Pizzeria fahren würden. Dieser Wunsch ist leider noch überhaupt nie in Erfüllung gegangen.

Den ganzen Tag wünscht Winnie,
und meistens geht irgendeiner
ihrer Wünsche in Erfüllung.
Manchmal gehen sogar
mehrere Wünsche in Erfüllung.
Aber noch gar nie
sind alle ihre Wünsche
in Erfüllung gegangen!
Kein einziges Mal!

Das kann doch nicht so bleiben! Und bis Weihnachten warten kann sie schon gar nicht. Winnie muss etwas unternehmen, und sie weiß auch schon was. Sie muss einfach eine Fee kennenlernen. Feen können schließlich alle Wünsche auf einmal erfüllen, wenn sie gut gelaunt sind. Aber wie schafft man es, eine Fee kennenzulernen?

Winnie holt sich das gelbe Telefonbuch und sucht nach dem Stichwort „Feen, gute". Aber merkwürdigerweise findet sie nichts. Na ja, wahrscheinlich haben Feen geheime Telefonnummern. Es muss ja auch ganz schön lästig sein, wenn dauernd Leute anrufen, deren Wünsche man erfüllen soll.

Wie lockt man eine Fee an?

Winnie hat zum Geburtstag ein dickes Buch gekriegt. Es heißt: „Antworten auf alle Kinderfragen“. Winnie nimmt das Buch abends mit ins Bett und blättert es von vorne bis hinten durch. Das dauert so lang, dass sie dreimal fast einschläft.

„Warum ist der Senf gelb?“,
lautet zum Beispiel eine Frage.
„Warum um alles in der Welt
muss ich bloß in die Schule?“
oder „Wie viele Schokoküsse
kann ich essen, bevor mir
schlecht wird?“

Winnie blättert und blättert, aber die wichtigste Frage fehlt: „Wie kann man eine Fee anlocken?“
Winnie nimmt sich vor, einen bösen Brief an die Schreiber dieses Buchs zu schicken. Wie kann man nur so schlampig sein und in so einem Buch die wichtigste Frage vergessen?

Und jetzt? Wer könnte ihr bloß weiterhelfen?
Winnies Oma kennt sich leider überhaupt nicht mit Märchen aus. Sie liest nur Krimis und findet Kommissare und Mörder viel interessanter als Prinzen und Drachen.
Winnie hat auch keine Lust, ihre Klassenlehrerin, Frau Lotz, anzurufen. Man weiß nie, ob die nicht gleich fragt, welche Wörter sich auf „Fee" reimen und wie man „Silberspiegel" schreibt.

Also ruft Winnie Luca an.
Luca kennt sich auch nicht
so gut mit Märchen aus,
aber er liest viel, guckt viele Filme an
und hat oft ziemlich coole Ideen.
„Ich komm gleich rüber",
verspricht er, als Winnie ihm
von ihrem Problem erzählt hat.
„Warte auf mich."

Weil Winnie nicht gerne richtig wartet, legt sie sich aufs Bett und macht die Augen zu, als würde sie schlafen. Und das wirkt! Es ist, als würde überhaupt keine Zeit vergehen, bis Luca an der Tür klingelt.

„Und?“, fragt Winnie, ohne Luca zu begrüßen

Luca stellt seinen Rucksack ab. Der scheint sehr schwer zu sein.

„Ich habe ein paar Bücher mitgebracht“, sagt er.

Er zieht den Reißverschluss auf und kippt die Bücher einfach auf den Boden. Manche von ihnen sind ziemlich dick.

„Müssen wir die alle lesen?“, fragt Winnie ängstlich. Wenn das nämlich so ist, dann sollte sie vielleicht doch lieber auf ihre Fee verzichten.

„Nur durchblättern“, sagt Luca beruhigend. „Und das machen wir im Garten. Feen mögen garantiert Blumen und Schmetterlinge und so was. Wohnzimmer mit Fernseher, Kinderzimmer und Küchen sind ihnen sogar unheimlich.“

Das klingt einleuchtend. Winnie lädt sich einen Stapel Bücher auf den Arm und geht in den Garten. Das Gras ist feucht, also legt sie den Stapel auf einer niedrigen Mauer ab und holt sich einen bequemen Stuhl. Luca setzt sich neben sie. Eine ganze Weile reden sie gar nichts, sondern blättern nur.

Winnie hat ein Buch
mit so schönen Bildern,
dass sie oft gar nicht
weiterblättern kann.
Sie muss einfach zuerst
die Bilder zu Ende betrachten.
„Ich weiß was“, sagt Luca plötzlich.
„Hier steht, Elfen mögen Musik.“
„Bist du sicher?“, fragt Winnie.
Luca nickt.

„Okay“, sagt Winnie. „Ich hole Mamas Handy.“
Sie springt auf, aber Luca schüttelt den Kopf.
„Ich glaube nicht, dass sie die Musik mögen, die aus dem Handy kommt.“
„Es ist aber ganz moderne Musik“, wendet Winnie ein.
„Ich glaube“, fährt Luca fort, „dass sie es lieber mögen, wenn einer selber singt oder Musik macht.“
„Ich kann nicht besonders gut singen“, murmelt Winnie. „Wenn ich singe, dann kommt bestimmt keine Fee.“

Luca runzelt die Stirn. „Kannst du nicht Flöte spielen?“, will er wissen.
„Schon“, gibt Winnie zu. „Aber das quiekt so. Mama sagt immer, ich soll die Fenster zumachen, damit die Nachbarn nicht durchdrehen.“
„Vielleicht finden Elfen das schön?“, meint Luca, aber es klingt wenig überzeugt.
„Meine Oma könnte Geige spielen“, schlägt Winnie vor. „Aber sie wohnt 500 Kilometer entfernt.“
„Dann geht es nicht“, sagt Luca enttäuscht. „Kannst du denn gar nichts Besonderes, was einer Fee gefallen könnte?“
„Ich kann auf einem Bein stehen und ein Buch auf dem Kopf balancieren“, schlägt Winnie vor.
„Hm“, macht Luca. „Kannst du dabei auch singen?“
„Aber nur ganz leise!“, bestimmt Winnie.
„Also gut“, seufzt Luca und reicht ihr ein dickes, schweres Buch. „Du kannst es ja mal probieren. Sing ein Lied mit Prinzen oder so.“

Der Assistent der Fee

Winnie steht schon seit fünf Minuten auf einem Bein, balanciert das dicke Buch auf ihrem Kopf und singt ganz, ganz leise „Es waren zwei Königskinder“, immer wieder von vorn. Und da passiert es: Ein grüner Frosch hüpft aus dem Teich bis vor Winnies Füße.

„Hi, Winnie“, quakt er lässig.
„Du wolltest was von mir?“
„Eigentlich nicht“,
stottert Winnie überrascht.
„Eigentlich wollte ich mich hier
mit einer Fee treffen, weißt du?“

„Na, da bist du bei mir ja genau richtig!“, quakt der Frosch und hüpft noch ein bisschen näher.
Luca weicht zurück, bis er hinter Winnie steht. Winnie hört sein hektisches Atmen in ihrem Rücken. Kann es sein, dass Luca Angst vor einem Frosch hat?

„Kannst du vielleicht
auch Wünsche erfüllen?“,
fragt sie misstrauisch.
„Klar“, sagt der Frosch,
und jetzt sitzt er
mit den Vorderfüßen
schon auf Winnies Zehen.
Er streckt ihr
sein breites Maul entgegen.
„Küss mich mal schnell“,
sagt er. „Dann helfe ich dir.“

Das hat Winnie befürchtet. Luca macht ein würgendes Geräusch. Aber Winnie ist bereit, jedes Opfer zu bringen.

„Na gut“, sagt sie. Sie bückt sich, macht die Augen zu und küsst den Frosch. Er schmeckt ein bisschen nach Fisch.
Als Winnie die Augen wieder aufmacht, sitzt der Frosch immer noch da.
„Na und?“, fragt sie ungeduldig.
„Momentchen“, sagt der Frosch. „Ich rufe gleich die Fee an.“
Er hüpft zurück zum Teich und springt hinein. Winnie starrt ins Wasser, aber sie kann nicht erkennen, ob der Frosch wirklich telefoniert.
„Der hat dich garantiert reingelegt“, sagt Luca von hinten. „Der kennt überhaupt keine Fee, wetten?“
„Klar kennt der eine.“ Winnie reibt sich mit dem Handrücken über den Mund.
Und wirklich, nach einer Weile taucht der Frosch wieder auf.

„Alles klar", verkündet er.
„Jetzt musst du eben warten.
Du kannst mich so lange küssen,
wenn du willst."

„Ach, nein danke", sagt Winnie schnell. „Ich muss leider unbedingt die Ringelblumen zählen."
„Na dann", sagt der Frosch gekränkt.
Winnie geht die Ringelblumen zählen. Luca hilft ihr, aber er verzählt sich ständig. Und so haben sie gerade zum vierten Mal von vorne angefangen, als glockenhelles Wasserplätschern ertönt und die Fee erscheint.

Das Wunscherfüllungsbüro

Winnie hat sich immer vorgestellt, dass Feen lange, blonde Haare haben.

Die Fee, die vor ihr auftaucht, hat lange, blonde Haare.

Winnie hat sich vorgestellt, dass Feen lange, glitzernde Gewänder tragen.

Die Fee trägt einen Hosenanzug. Immerhin glitzert er ein wenig.

Winnie hat sich vorgestellt, dass Feen Kinder gerne mögen und immer nur mit sanfter Stimme zu ihnen sprechen.

Die Fee in Winnies Garten sieht aber leider kein bisschen freundlich aus. Sie schaut Winnie mürrisch an und knurrt: „Und?“

„Guten Tag!“, stammelt Winnie.
„Entschuldigen Sie bitte,
es ist nur wegen der Wünsche.“
„Ja?“, knurrt die Fee
und guckt ungeduldig
auf ihre goldene Armbanduhr.
Winnie hat sich nie vorgestellt,
dass Feen es eilig haben könnten.

„Spuck's aus“, raunzt die Fee. „Welchen Wunsch hast du jetzt?“
„Ach, wissen Sie, das ist es eben“, erklärt Winnie. „Ich habe so viele. Ich möchte, dass einfach alle meine Wünsche in Erfüllung gehen.“
Die Fee runzelt die Stirn und schweigt eine Weile.
„Man könnte also auch sagen“, murmelt sie dann langsam, „dass kein Wunsch mehr übrig bleiben soll?“
Winnie überlegt nicht lange. Sie nickt.
„Man könnte also sagen“, fährt die Fee fort, „dass du sozusagen wunschlos sein möchtest?“
Winnie nickt wieder.
„Abgemacht“, sagt die Fee und reicht Winnie die Hand.

Winnie hat sich immer vorgestellt, dass Feen warme, sanfte Hände haben. Die Fee in ihrem Garten hat eine kalte, harte Hand.
In diesem Moment ertönt ein sanft klirrender Akkord, wie von tausend Harfen. Eine Wolke von goldenen und silbernen Sternchen erhebt sich, wirbelt herum und hüllt Winnie einen Moment lang vollständig ein. Luca hat sich schnell hinter einem der Gartenstühle versteckt. Winnie hustet und reibt sich die Augen. Erst ganz allmählich sinken die Sternchen zu Boden. Auf einen Wink hin holt der Frosch Handbesen und Kehrschaufel aus dem Teich, fegt die Sternchen zusammen und kippt sie ins Wasser.
„Die sind noch gut", quakt er zufrieden. „Die können wir noch mal verwenden."

Winnie ist noch ganz benommen.
Sie sieht sich um.
„Wo ist denn jetzt mein Pony?",
fragt sie vorsichtig.
„Welches Pony denn bitte?",
fragt die Fee höhnisch.

„Das Pony, das ich mir wünsche? Und die Katzen und der Hund? Und der neue Computer? Es muss ja nicht der mit dem schnellsten Betriebssystem sein. Und warum steht hier kein Riesentrampolin?“

„Wie meinst du das?“, quakt der Frosch und zwinkert der Fee zu, aber die zwinkert nicht zurück.

„Ich sollte dir vielleicht etwas erklären“, fängt die Fee an. „Weißt du, das Wunscherfüllungs-Büro ist nämlich pleite. Seit über drei Monaten können wir keine Wünsche mehr erfüllen, die Geld kosten, das wirst du doch verstehen. Natürlich können wir mit unseren Gratis-Zauberkräften jederzeit dafür sorgen, dass

jemand sich nichts mehr wünscht. Uns entstehen keine Kosten und das Ergebnis ist dasselbe."
„Versteh ich nicht", stottert Winnie und starrt die Fee an. Der Frosch hüpft ganz leicht auf und ab, als wäre er nervös oder hätte Schluckauf.
„Ich erkläre es dir", verkündet die Fee. Jetzt hat sie plötzlich eine zuckersüße Stimme. „Wünschst du dir denn zum Beispiel wirklich ein Pony?"
„Klar!", ruft Winnie. „Schon ganz lange!"
Aber dann verstummt sie. Ein richtiges, echtes Pony? Muss man das nicht jeden Tag füttern und striegeln? Und muss man dann nicht auch den Stall ausmisten? Das stinkt bestimmt ganz fürchterlich und man muss dazu Gummistiefel anziehen.

Winnie hasst Gummistiefel.
Sie hat gehört, dass Pferde
gerne beißen.
Außerdem kann sie gar nicht reiten
und müsste erst Unterricht nehmen.
Womöglich würde sie dabei
dauernd von ihrem Pferd fallen.

Dann doch lieber die Katzen! Allerdings sollten es Katzen sein, die keine Vögel fangen, denn Winnie mag Vögel total gerne. Tante Julia sagt, man kann Katzen das Vögelfangen nicht abgewöhnen, das liegt in ihrer Natur.
Dann doch lieber keine Katze. Und wenn sie schon so überlegt, eigentlich wäre es ihr lieber, sie würde Kuno, den weißen Pudel von Herrn Ritter, morgens nicht mehr treffen. Wenn der an Winnie hochspringt, macht er ihr immer die Hosen dreckig, und dann ist es ihr in der Schule peinlich.

Winnie steht einfach da
und geht ihre Wünsche
einen nach dem anderen durch.
Nichts, was sie sich eben noch
gewünscht hat,
erscheint ihr verlockend.
„Ich habe keinen Wunsch mehr“,
flüstert sie.

„Bitte!“, sagt die Fee zufrieden. „Dann hätten wir das ja erledigt.“
Sie küsst den Frosch zum Abschied aufs Maul. Der Frosch wird tiefrot. Dann ist die Fee verschwunden.
„Mann!“, stöhnt Luca. Er wagt sich jetzt erst hinter dem Stuhl hervor. „Was war das denn? Das ist ja vielleicht eine Zicke.“
Winnie kann immer noch nichts sagen. Luca kommt zu ihr und stößt sie in die Rippen.
„Hey! Was ist los? Kannst du noch sprechen?“
Aber Winnie sieht den Frosch an.
„Die Fee hat mich reingelegt, oder?“, fragt sie.
Der Frosch antwortet nicht. Er hat die Augen halb geschlossen und träumt noch von seinem Feen-Kuss.

Ein roter Frosch und ein erfüllter Wunsch

„So ein Mist!“, schimpft Winnie und lässt sich in den Gartenstuhl fallen. „Ich habe mich reinlegen lassen.“
„Also ehrlich gesagt …“, fängt Luca an. „Ich habe überhaupt nichts verstanden. Aber die Wolke aus Glitzersternchen war cool. Meinst du wirklich, dass sie die gleichen immer wieder verwenden? Wäre doch eigentlich sehr umweltfreundlich.“
Aber Winne hört nicht zu.

Luca stößt sie mit dem Ellbogen
in die Rippen.
„Was machen wir denn jetzt?“, fragt er.
„Mir egal“, faucht Winnie.
Und so ist es auch.
Sie hat überhaupt keine Lust
zum Spielen.

Sie hat keine Lust, fernzusehen oder Pudding zu kochen. Sie hat keine Lust, mit Luca ins Kaufhaus oder Eis essen zu gehen. Sie hat natürlich auch keine Lust ihre Hausaufgaben zu machen, aber daran ist die Fee bestimmt nicht schuld.
Luca macht einen Schritt vorwärts.
„Hier sitzt ein roter Frosch!“, ruft er überrascht. „Ist das derselbe wie vorhin? Warum ist er denn jetzt rot? Und warum sitzt er so still? Schläft er vielleicht?“
„Nein“, murmelt Winnie. „Der ist verliebt. In die blöde Zauberfee.“
„Wieso findest du sie blöd?“, fragt Luca. „Ich meine, sie war zwar nicht besonders freundlich, aber wenigstens ist sie gekommen, und gezaubert hat sie ja auch ein bisschen, also …“

Winnie fällt ihm ins Wort.
„Die hat mich reingelegt!
Weißt du, was sie gemacht hat?
Sie hat gezaubert, dass ich
keinen einzigen Wunsch mehr habe.“

„Wieso?“ Luca starrt sie an. „Du hast doch noch gar kein Pony. Und keinen neuen Computer. Na ja, könnte ja sein, dass er in deinem Zimmer steht? Vielleicht zaubert eine Fee keinen Computer auf die Wiese. Da gehört er ja nicht hin. Und ein Pony würde eure Blumen abfressen, also …“
„Du hast gar nichts kapiert“, sagt Winnie streng. „Ich wünsche mir kein Pony mehr, kapiert? Ich wünsche mir überhaupt nichts mehr.“

Luca überlegt einen Moment lang.
„Dann müsstest du doch jetzt glücklich sein …“, meint er. „Oder wenigstens zufrieden.“
Winnie schüttelt den Kopf.
„Ich weiß nicht“, sagt sie. „In meinem Kopf ist alles ganz schwarz-weiß-grau. Wie im Winter, wenn der Schnee schon matschig ist und die Leute ihre kahlen Weihnachtsbäume zum Sperrmüll geben und gar nichts mehr bunt ist oder ein kleines bisschen glitzert.“
Sie seufzt.
„Das muss scheußlich sein“, sagt Luca mitleidig. „Und jetzt wünschst du dir wohl, dass die fiese Fee ihren Zauber rückgängig macht?“
Winnie schüttelt den Kopf.
Luca tritt entnervt gegen eine leere Gießkanne.

„Du bist komisch“, sagt er wütend.
„Du weißt ja gar nicht, was du willst.“
„Ich kann doch nichts mehr wollen“,
erklärt Winnie. „Das wäre doch
wie ein Wunsch. Und ich habe
keine Wünsche mehr.“

„Ach so.“ Lucas setzt sich jetzt auch hin. Er betrachtet den roten Frosch, aber der rote Frosch kümmert sich kein bisschen um Luca und Winnie. Er starrt reglos vor sich hin und zwei dicke Tränen kullern ihm aus den Augen.

„Oje, ist das alles traurig“, seufzt Luca. Er legt den Kopf in den Nacken und schließt die Augen.

Winnie stupst ihn an.

„Du musst mir helfen“, fleht sie.

Luca macht die Augen wieder auf.

„Wie soll ich das denn machen?“, will er wissen.

„Keine Ahnung“, gibt Winnie zu. „Überleg dir doch was. Was meinst du, vielleicht musst du jetzt zur Abwechslung den Frosch küssen?“

Der rote Frosch macht einen riesigen Satz und verschwindet mit lautem Plumpsen in seinem Teich. Luca zieht ein Gesicht, als würde auch er gerne in einen tiefen Teich springen, aber in einen anderen, damit er dem roten Frosch bloß nicht begegnet.

„Vielleicht finden wir eine andere Fee“,
murmelt er. „Eine richtig nette Fee.
Die würde dir vielleicht helfen.“

„Hast du nicht gehört?“ Winnie schüttelt ungeduldig den Kopf. „Das komplette Wunscherfüllungsbüro der Feen ist pleite. Wenn die alle kein Geld mehr haben, kann auch keine andere Fee einen Wunsch erfüllen.“
„Aber dein Wunsch würde überhaupt nichts kosten“, wendet Luca ein. „Sogar die Sternchen können die mehrmals verwenden.“
„Stimmt.“ Winnie denkt eine Weile nach. „Und außerdem“, fügt sie dann hinzu, „außerdem wäre es ja nicht mal ein neuer Wunsch. Ich will nur meinen alten Wunsch zurückgeben.“
Luca überlegt. „Vielleicht kannst du den Wunsch ja auch bei der blöden Fee zurückgeben“, meint er. „Wenn sie mal bessere Laune hat. Die hat doch bestimmt auch mal bessere Laune.“

„Ich glaube nicht“, sagt Winnie düster.
„Die sah so aus wie eine,
die immer schlechte Laune hat.
Und dann meckert sie bestimmt,
weil ich mir einmal was wünsche
und dann wieder nicht.“

„Wir müssen sie wieder herholen“, sagt Luca entschlossen. „Du kannst doch wenigstens mal fragen, das kostet ja nichts.“
„Aber die blöde Fee …“, fängt Winnie an.
Aber da blubbert es im Teich schon wieder gewaltig. Der rote Frosch taucht auf. Er ist nicht mehr ganz so rot wie vorher. Vielleicht liegt das am kalten Wasser.
„Sag nicht dauernd blöde Fee zu meiner lieben Fee!“, quakt er wütend.

„Deine Fee ist nun mal blöd!“

Winnie stemmt die Hände in die Hüften und stellt sich vor den Frosch. Aber der lässt sich überhaupt nicht einschüchtern.

„Meine Fee ist nur unglücklich“, behauptet er. „Sie hatte eine schwere Kindheit.“

„Deswegen muss man nicht gleich andere Leute ärgern“, brummt Luca von hinten. Er hält wieder Abstand, wahrscheinlich für den Fall, dass jemand auf die Idee kommt, er sollte den Frosch küssen.

„Ihr versteht überhaupt nichts.“ Der Frosch schließt gequält die Augen. „Lasst mich allein. Ich möchte in Ruhe noch eine Weile unglücklich sein.“

„Alles klar“, sagt Luca erleichtert. „Wir hauen ab.“

Er sieht Winnie auffordernd an. Winnie runzelt die Stirn.

„Aber das geht nicht. Ich will
meinen Wunsch zurückgeben,
kapiert?
Ich kann doch nicht weiter
so ganz ohne Wünsche herumlaufen.
Das hält doch keiner aus.“

„Wir müssen nachdenken“, sagt Luca. „Das kann eine Weile dauern. Aber uns fällt bestimmt etwas ein.“
Winnie nickt traurig.
„Mach’s gut“, sagt sie zu dem blassroten Frosch, der sich jetzt umgedreht hat und trübe in die Regenwolken starrt.
„Nein“, knurrt der Frosch. „Mach ich nicht.“
„Dann lass es bleiben.“ Winnie zuckt mit den Achseln.
„Mir doch egal.“

Ein wunschloses Leben

Und damit beginnen die traurigsten, langweiligsten und einsamsten Tage in Winnies Leben. Nichts ist mehr so, wie es vor der Begegnung mit der Fee war. Morgens mag Winnie überhaupt nicht aufstehen, aber im Bett bleiben mag sie auch nicht. Sie hat überhaupt keine Lust, etwas zu essen, aber hungrig sein möchte sie auch nicht. Natürlich hat sie nicht die geringste Lust, in die Schule zu gehen, aber zu Hause bleiben will sie natürlich auch nicht.

„Du bist vielleicht eine mies gelaunte Muffeltante!“, sagt Winnies Mutter. „Dir passt auch überhaupt nichts.“

„So sind diese verwöhnten Kinder heutzutage", behauptet Tante Julia, die heute zu Besuch ist. „Das kommt daher, dass die immer sofort kriegen, was sie wollen."

„Ich wollte ganz lange ein Pony", erklärt Winnie. „Und ich habe nie eins gekriegt."

„Wieso wollte?", fragt ihre Mutter überrascht. „Wünschst du dir denn jetzt keins mehr?"
Sie wirft Tante Julia einen erleichterten Blick zu.
„Im Moment nicht", gibt Winnie zu. „Aber ich glaube, das kommt wieder."
„Vielleicht auch nicht!" Ihre Mutter strahlt. „Du wirst ja auch größer und vernünftiger."
„Ich will überhaupt nicht größer werden", antwortet Winnie sofort.
„Ach du." Mama lacht. „Du willst im Moment überhaupt nichts."
„Genau."
Winnie geht in ihr Zimmer und starrt ihre Bücher, ihre Spielkonsole, ihre Malsachen, ihre Spiele an.

Sie hat zu nichts Lust, und das fühlt sich ganz schrecklich an. Auf dem Schreibtisch liegt ihr riesiger Wunschzettel. Den kann sie jetzt nicht mehr gebrauchen. Sie zerknüllt ihn und wirft ihn in den Mülleimer.

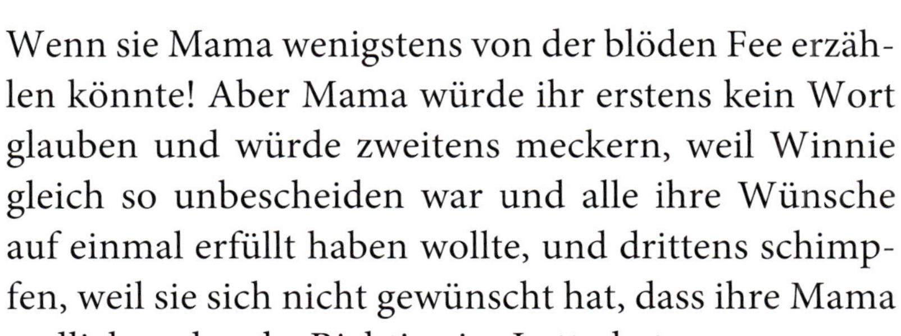

Wenn sie Mama wenigstens von der blöden Fee erzählen könnte! Aber Mama würde ihr erstens kein Wort glauben und würde zweitens meckern, weil Winnie gleich so unbescheiden war und alle ihre Wünsche auf einmal erfüllt haben wollte, und drittens schimpfen, weil sie sich nicht gewünscht hat, dass ihre Mama endlich mal sechs Richtige im Lotto hat.
Keiner weiß, was passiert ist, nur Luca, der grün-rote Frosch und sie selbst.

Ein verliebter Frosch

Luca liest alle Bücher über Frösche, die er finden kann. Er weiß jetzt genau, was sie am liebsten fressen, wo sie wohnen und wovon sie träumen. Er ist sich inzwischen auch ganz sicher, dass sie sich auf keinen Fall von einem Jungen küssen lassen wollen.

„Das finden die total eklig", behauptet er. „Wenn man es tut, reden sie kein Wort mehr."

„Na und?", fragt Winnie missmutig. Sie weiß nicht, ob sie ihm glauben soll. Aber weil der Frosch sich nicht mehr gezeigt hat, kann Luca ihn sowieso nicht küssen.

„Wir müssen aber mit ihm reden", sagt Luca streng. „Er ist der Einzige, der uns helfen kann. Er kennt die blöde Fee besser. Vielleicht kennt er einen Trick."

Einmal kommt Mama in den Garten,
als die beiden ratlos
vor dem Teich stehen
und ins schwarze Wasser starren.
„Was macht ihr denn hier?“,
fragt sie erstaunt.
„Wir warten auf einen Frosch“,
sagt Luca.
Winnie wirft ihm
einen warnenden Blick zu.

„In unserem Teich hat es noch nie Frösche gegeben“, sagt Winnies Mutter. „Zum Glück, kann ich nur sagen! Das ewige Quaken würde mich in den Wahnsinn treiben!“ Sie stupst Winnie ein bisschen in den Rücken. „Du machst schon wieder so ein böses Gesicht! Seit einiger Zeit hast du nur noch schlechte Laune.“ Sie wendet sich an Luca. „Hast du eine Ahnung, woran das liegen könnte?“
Luca schüttelt den Kopf, aber er wird dabei ähnlich rot wie der rote Frosch.

„Spielt lieber eine Runde Federball“, sagt Mama, bevor sie wieder ins Haus geht. „Im Moment ist es windstill.“
„Keine Lust“, sagt Winnie.
„Machen wir“, sagt Luca und geht die Federballschläger holen.
Winnie verdreht die Augen, aber sie nimmt einen Schläger und stellt sich neben den Teich. Weil sie keine Lust hat, trifft sie den Ball natürlich nicht gut. Gleich dreimal hintereinander fällt er in den Teich und Winnie muss ihn mit einem Stock wieder herausfischen.
„Jetzt pass doch mal auf!“, sagt Luca ärgerlich.

Aber da fällt der Ball
schon wieder ins Wasser.
Gerade als Winnie mit dem Stock
nach dem Ball angelt,
taucht der Frosch auf.
Diesmal ist er blassgrüngelb.

„Hört doch auf damit!“, jammert er. „Ich habe Kopfschmerzen!“
Winnie sieht sich nach Luca um.

„Jetzt los, frag ihn!“, sagt Luca.
Winnie räuspert sich.
„Du bist wahrscheinlich sehr unglücklich“, fängt sie an.
„Sehr heftig schlimm furchtbar unglücklich, jawohl!“, ruft der Frosch. „Ich bin doch in die gute Fee verliebt.“
Winnie seufzt. „Die arme Fee.“
Der Frosch stutzt. „Wie meinst du das?“
„Na ja“, sagt Winnie. „Sie weiß ja nicht, wie lieb du sie hast.“
Der Frosch klappt sein Maul auf und wieder zu.

„Oder weiß sie es?“, fragt Luca und kommt einen Schritt näher.
Der Frosch überlegt. Er hüpft aus dem Teich und sieht einen Moment lang in die Wolken. Dann guckt er Luca an.
„Nein, die arme, unglückliche, traurige Fee hat keine Ahnung!“, quakt er aufgeregt.
„Du musst es ihr einfach sagen!“, rät Winnie.
Aber da wird der Frosch so blassgrün, dass er fast durchsichtig ist.
„Das traue ich mich nicht“, wispert er. „So etwas kann man doch nicht sagen.“
„Dann gibt es nur eine Möglichkeit“, sagt Luca.
„Welche denn?“ Der Frosch reckt den Kopf so hoch, dass er fast nur noch auf den Hinterbeinen sitzt.
„Du musst sie einfach küssen“, sagt Luca.
„Was?“
Jetzt ist der Frosch weiß wie ein Blatt Papier.
„Ich trau mich nie im Leben“, stottert er. „Das kann ich doch nicht machen. Ich kann doch nicht einfach die gute Fee küssen, nur weil ich sie küssen möchte.“
„Sie wird sehr glücklich sein“, sagt Winnie. „Schade, dass du sie nicht küssen möchtest. Dann wird sie nie erfahren, dass du in sie verliebt bist.“

Jetzt sagt der Frosch
eine ganze Weile nichts.
Er tritt von einem Vorderbein
aufs andere,
schüttelt sich ein paar Mal,
klappt das Maul auf und zu
und klappert mit den Augenlidern.

Winnie hat ein schlechtes Gewissen. Es ist gemein, verliebte Frösche reinzulegen. Aber auf diese Weise taucht die Fee vielleicht wieder auf und Winnie kann ihr ihren blöden Wunsch schnell zurückgeben.

„Also“, fängt der Frosch nach einer Weile wieder an. „Um das noch mal klarzustellen: Ihr meint, dass ich sie einfach küssen soll?“

„Ja, genau“, sagt Luca. „Aber hol sie her. Im Wasser lassen sich Feen nicht so gerne küssen. Und hier draußen kann sie dir besser in die Augen schauen.“

„Du kannst ihr auch eine Blume pflücken“, bietet Winnie an.

„Also gut“, sagt der Frosch mit fester Stimme. „Also gut. Dann hole ich sie jetzt. Ich rufe sie einfach an und bitte sie, hierher zu kommen.“

Er wendet sich in Richtung Teich, aber dann dreht er sich noch mal um.

„Ihr dürft aber nicht kucken!“, sagt er streng.

„Natürlich nicht“, verspricht Winnie. „Wir machen die Augen zu.“

„Ich trau mich nicht!“, jammert der Frosch noch mal, aber dann springt er mit einem Satz in den Teich und verschwindet in der schwarzen Tiefe.

Die Froschfee

„Wollen wir weiterspielen?“, fragt Luca und zeigt auf die Federballschläger.
Aber Winnie schüttelt den Kopf. Sie ist viel zu gespannt, ob die Fee tatsächlich noch einmal auftaucht.

Sie setzen sich auf die weißen Steine
am Teichrand und warten ab.
Von Zeit zu Zeit
steigen dicke Luftblasen
aus der Tiefe auf.
Vielleicht stammen sie vom Frosch
und seinem Unterwassertelefon.

Sie warten lange. Winnie hat Comics, Getränke und Kekse aus dem Haus geholt. Jetzt ist es wenigstens ein Warte-Picknick.

Endlich erklingt das erhoffte helle Plätschern.

„Sie kommt!“, flüstert Winnie aufgeregt und klappt ihren Comic zu.

Und tatsächlich: Am Ufer des Teiches, mit dem linken Fuß im Wasser, steht die Fee. Sie trägt wieder ihren Hosenanzug. Jetzt zieht sie ärgerlich ihren nassen Fuß aus dem Schlamm und schüttelt ihn ein wenig.

„Was gibt’s denn schon wieder?“, fragt sie unfreundlich. „Wir dürfen eigentlich gar keine Hausbesuche mehr machen. Das ist viel zu teuer. Wie ich euch bereits mitgeteilt habe, hat das Wunschbüro kein Geld mehr.“

„Das wissen wir“, sagt Winnie bescheiden. „Wir haben auch gar keinen Wunsch. Der Frosch hat dich angerufen, weil er dir etwas sagen muss.“

Die Fee runzelt die Stirn,
dreht sich um und schaut zum Teich.
Auf dem dicksten Seerosenblatt
sitzt der Frosch. Er ist jetzt dunkelrot
und schwankt so, dass man
befürchten muss, er wird
jeden Moment ins Wasser fallen.

„Was willst du?“, fragt die Fee, und ihre Stimme ist nicht so unfreundlich, wie Winnie es erwartet hätte.
Der Frosch sagt nichts.

„Ich habe wenig Zeit“, sagt die Fee und wirft einen genervten Blick auf ihre Armbanduhr.
Da macht der Frosch einen großen, hohen Satz. Er springt der Fee direkt ins Gesicht und küsst sie im Flug auf die Nase. Dann fällt er platschend wieder zu Boden. Im selben Moment ertönt ein kleiner Knall, wie wenn ein Luftballon platzt.

Die Fee ist verschwunden.
Vor dem dicken roten Frosch
sitzt jetzt ein dünner roter Frosch.
„Endlich!“,
säuselt der dünne rote Frosch.
„Du hast mich erlöst.“

Der dicke rote Frosch und der dünne rote Frosch fallen sich in die Arme.

„Meine liebe gute Fee!“, stammelt der dicke rote Frosch.

„Mein lieber guter Frosch!“, antwortet der dünne rote Frosch.

„Darf ich dir meinen Teich anbieten?“, flüstert der dicke rote Frosch und weist mit dem einen Vorderfuß auf seinen Seerosenreich.

„Wir werden darin glücklich sein!“ Die Froschfee klappert mit den Augenlidern.

Die beiden drehen sich um und machen sich bereit, Arm in Arm in den Teich zu springen.

„Halt!“, ruft Winnie, die das alles verblüfft beobachtet hat, schnell. „Was ist denn jetzt mit mir?“

Die Frösche sehen sich um.

„Wieso denn?“, fragt die Froschfee schnippisch.

„Ich wollte doch unbedingt meinen Wunsch rückgängig machen!“ Winnie lächelt die Froschfee an. „Bitte, bitte!“

Die Froschfee zuckt mit den Achseln. „Keine Zeit jetzt. Siehst du nicht, dass ich gerade ein neues Leben beginne?“

Aber da stupst der Frosch sie in die Seite.
„Ach weißt du“, brummt er, „diese beiden Kinder waren nett zu mir. Ohne ihre Hilfe hätte ich mich bestimmt nicht getraut, dich zu küssen.“

Die Froschfee zögert.
„Na gut“, sagt sie dann widerwillig. „Ich geh mal telefonieren. Aber versprechen kann ich nichts.“
„Dankeschön.“ Winnie seufzt. „Und woher weiß ich, ob es klappt?“
„Das wirst du dann schon merken.“ Die Froschfee wendet sich ihrem Frosch zu. „Komm jetzt.“
Und mit einem doppelten Platschen verschwinden die beiden im Teich.
„Dankeschön“, sagt Winnie noch mal, obwohl bestimmt keiner der beiden sie noch hören kann.
„Hoffentlich hat sie dich nicht angeschwindelt“, brummt Luca.
Aber Winnie schüttelt den Kopf.
„Eine besonders nette Fee ist sie zwar nicht“,

sagt sie nachdenklich. „Aber dass Feen lügen, glaube ich ganz bestimmt nicht."
„Ich habe Hunger", sagt Luca.
„Ich nicht." Winnie seufzt. „Wir fragen Mama, ob du dir ein Wurstbrot machen kannst."
„Okay." Luca nickt. „Das mit den Fröschen und den Feen ist wirklich ganz schön anstrengend."

Paris – nein, Peking – ja bitte!

Luca macht sich ein dickes Wurstbrot und legt sich dazu drei Essiggürkchen auf den Teller.

„Bist du sicher, dass du immer noch nichts möchtest?“, fragt er, bevor er die Wurst in den Kühlschrank zurücklegt.

„Das hast du mich jetzt schon drei Mal gefragt“, faucht Winnie.

Luca zuckt mit den Achseln. „Es kann sich ja von einem Moment auf den anderen ändern.“

„Es ändert sich überhaupt gar nichts.“ Winnie schüttelt den Kopf. „Ich hätte sie fragen sollen, bevor sie sich in einen Frosch zurückverwandelt hat. Vielleicht kann die Fee als Frosch überhaupt nicht mehr zaubern.“
„Ja, vielleicht“, mein Luca nachdenklich und beißt kräftig in sein Wurstbrot.

„Können wir was spielen?“,
fragt Winnie. „Ich habe zwar
keine Lust dazu, aber dann geht
die Zeit schneller vorbei.“
„Ich muss bald nach Hause“,
wendet Luca mit vollem Mund ein.
„Du kannst mich hier nicht
alleine sitzen lassen.“
Winnie sieht ihn böse an.

„Mach ich nicht. Ich rufe zu Hause an und frage, ob ich länger bleiben darf.“
Luca geht telefonieren. Wenigstens muss er dazu nicht in einen Teich springen. Winnie sieht aus dem

Fenster. Der Teich liegt ganz ruhig da. Noch vor Kurzem hatte Winnie keine Ahnung, dass es darin sprechende Frösche und Feen gibt.
„Alles klar“, verkündet Luca, als er zurückkommt. „Was wollen wir denn spielen?“
„Such dir was aus.“

Winnie setzt sich an den Tisch,
stützt die Ellbogen auf
und versucht,
sich etwas zu wünschen,
aber es geht einfach nicht.

Luca geht in Winnies Zimmer und kramt eine Weile im Schrank. Dann bringt er eine große Schachtel.
„Wir spielen Weltreise“, verkündet er.
„Von mir aus.“ Winnie zuckt wieder mit den Schultern.
Luca baut alles auf: die große Weltkarte, die Fähnchen und die Spielfiguren. Dann ziehen er und Winnie die Kärtchen mit den Städtenamen, durch die ihre Reise führen soll.“
„Cool“, sagt Luca jedes Mal, wenn er eins seiner Kärtchen liest. „Delhi in Indien! Da wollte ich schon immer hin. Wellington in Neuseeland! Ottawa in Kanada!

Großartig! Da würde ich überall gern mal hinfahren." Er stößt Winnie an. „Wie wär's? Wenn wir groß sind, machen wir eine echte Weltreise."

„Ich habe Paris gezogen", murmelt Winnie gelangweilt. „Da möchte ich gar nicht hin. Bestimmt ist so eine Stadt viel zu voll."

Luca schüttelt seufzend den Kopf.

„Mit dir kann man wirklich gar nichts mehr anfangen."

Winnie zieht noch eine Karte.

„Timbuktu!", schreit sie. „Das liegt ja mitten in der Wüste! Da ist es mir viel zu heiß und zu trocken."

„Vielleicht sollten wir lieber doch nicht spielen“, murmelt Luca.
Aber Winnie hat schon ihre Asienkarte gezogen.

„Peking“, liest sie. Dann sitzt sie einen Moment lang ganz still. „Ich wollte schon immer mal einen chinesischen Zirkus sehen“, sagt sie leise. Dann sieht sie auf und strahlt Luca an.

„Die Akrobaten schlagen so viele Saltos hintereinander, dass man denkt, sie würden überhaupt nichts wiegen."

Luca starrt sie an.

„Und das würdest du gerne sehen?", fragt er vorsichtig.

„Unbedingt!" Winnie lacht. „Die Kostüme sind wunderschön und glitzern. Außerdem esse ich gerne chinesisches Essen. Frühlingsrollen zum Beispiel, lecker! Ich wünschte, wir würden mal wieder beim Chinesen essen gehen!"

Sie sieht Luca verwundert an. Der ist aufgestanden und hat seine Spielkärtchen zurück in die Schachtel geworfen.

„Was machst du denn?", fragt Winnie.

„Ich gehe nach Hause", sagt Luca. „Jetzt ist ja alles in Ordnung."

„Wenn ich ein Pony hätte …" Winnie seufzt. „Wenn ich ein Pony hätte, dann würde ich dich bis nach Hause begleiten. Ich hätte ja so gern ein Pony."

„Ist schon gut", sagt Luca. Er legt Winnie eine Hand auf die Schulter. „Ich bin froh, dass du wieder normal bist. So eine miesepetrige Freundin wünscht sich nämlich keiner!"

Winnie bringt Luca zu seinem Fahrrad.

Dann macht sie noch
einen kleinen Schlenker
durch den Garten,
um sicherzugehen,
dass kein hungriger Reiher
am Tümpel sitzt.
Reiher fressen nämlich Frösche, und
der Froschfee und ihrem Bräutigam
wünscht sie ein langes Leben.

Und dann fällt ihr noch etwas Wichtiges ein: ihr Wunschzettel! Nur gut, dass sie den Papierkorb noch nicht ausgeleert hat. Den zerknüllten Wunschzettel findet sie bestimmt wieder. Wenn man ihn auseinanderzieht, kann man ihn noch gebrauchen. Auf der Rückseite ist viel Platz für weitere Wünsche, die Winnie bestimmt heute Abend noch einfallen werden.

Mein Wunsch:

- Pony
- Hund
- 2 Katzen
- Spielkonsole
- Computer
- andy

Bettina Obrecht wurde 1964 in Lörrach geboren und studierte Englisch und Spanisch. Sie arbeitet als Autorin, Übersetzerin und Rundfunkredakteurin und wurde für ihre Kurzprosa und Lyrik mehrfach ausgezeichnet. Seit 1994 schreibt sie Kinder- und Jugendbücher und hat sich seitdem in die »Garde wichtiger Kinderbuchautorinnen hineingeschrieben« (Eselsohr).

In der Reihe „Erst ich ein Stück, dann du“ sind von Bettina Obrecht folgende Bücher erschienen:

Ein Drachenfreund für Linus (12971)
Leo und das Mutmach-Training (13310)
Mirella und das Nixen-Geheimnis (13411)
Eine Burg für Ritter Rudi (13547)
Rivalen auf dem Fußballplatz (13708)
Sophie im Land der Zauberponys (13921)
Linus und der Drachen-Wettkampf (15341)
Leni & Lotti – Ferien auf dem Ponyhof (15815)
Nanuk – Ein kleiner Eisbär findet Freunde (15852)
Mia & Maxie – Beste Freundinnen halten zusammen (15734)
Lena und Tim – Abenteuerferien auf dem Hausboot (15735)
Nellies großer Auftritt (17377)
Flaffy Flitzekeks – Ein Gespenst sorgt für Wirbel (17378)
Jacob und die Weltraumkicker (17380)
3 Fußballgeschichten (15344)
3 Nixengeschichten (15948)
Klassiker für Kinder – Das Dschungelbuch (15345)
Klassiker für Kinder – Pinocchio (15346)
Die schönsten Kinderbuchklassiker – 3 Bände im Schuber (17224)

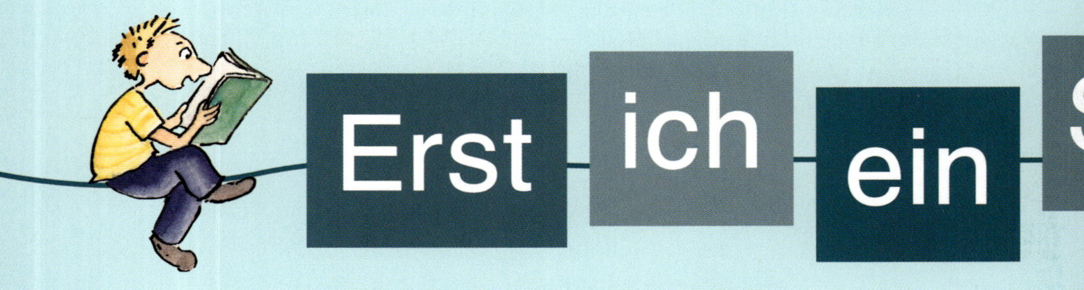
Erst
ich
ein